그림 위에 앉은 시

글: 이광렬
그림: 은성

그림 위에 앉은 시

발행일   2023년 10월 24일

지은이   이광렬   그림   은성(황미례)
펴낸이   손형국
펴낸곳   (주)북랩
편집인   선일영   편집   윤용민, 배진용, 김다빈, 김부경
디자인   이현수, 김민하, 임진형, 안유경   제작   박기성, 구성우, 이창영, 배상진
마케팅   김회란, 박진관
출판등록   2004. 12. 1(제2012-000051호)
주소   서울특별시 금천구 가산디지털 1로 168, 우림라이온스밸리 B동 B113~114호, C동 B101호
홈페이지   www.book.co.kr
전화번호   (02)2026-5777   팩스   (02)3159-9637

ISBN   979-11-93499-00-9 03810 (종이책)   979-11-93499-01-6 05810 (전자책)

(주)북랩 성공출판의 파트너

북랩 홈페이지와 패밀리 사이트에서 다양한 출판 솔루션을 만나 보세요!

홈페이지 book.co.kr   •   **블로그** blog.naver.com/essaybook   •   **출판문의** book@book.co.kr

작가 연락처 문의 ▶ ask.book.co.kr

작가 연락처는 개인정보이므로 북랩에서 알려드릴 수 없습니다.

그림 위에 앉은 시

이안례 지음

 북랩

삼국유사의 고장, 대구 신공항이 이전되는 내 고향 군위가 미래를 향해 서서히 변화되고 있는 분위기를 피부로 느낀다. 그 변화의 문턱에서 때때로 하릴없이 멍 때리고 있으면 한나절이 순식간에 지나간다. 앞만 보고 열심히 살아왔지만 늘 아쉽기만 하고 마음은 새로운 것에 대한 호기심과 탐구로 무엇인가를 하고자 했다.

이번 시화집은 특별한 의미가 있다. 나의 시와 주부화가인 아내의 꽃을 주제로 한 작품을 함께 엮게 되어 더욱 뜻 깊다. 여백의 미라 했던가? 시적 감상을 위해서 빽빽이 들어찬 시보다는 시각적 여유가 있는 공간의 중요성을 느꼈다. 이번 4집『그림 위에 앉은 시』는 아내의 그림을 실으면서 필자는 한 편 한 편 의미를 부여하고 아내는 다양한 소재의 그림으로 공동작품을 위해 유의미한 시간을 공유했다.

아내가 그림을 위한 소재를 구하느라 애를 먹은 적도 있다. 주로 우리 집 화단이나 이웃집에서 실물을 보거나 찍어 온 사진을 참고해서 그렸다. 간혹 타지에서 특이하게 느껴지는 꽃이 있으면 오랫동안 관찰하고 여러 각도에서 사진을 찍어와 사실적인 표현에 노력하였다. 비록 부족한 부분이 있겠지만 성숙된 작품을 향한 도약이라 생각해 주었으면 한다.

등단 후의 후속 시집이라 더 조심스럽고 두렵기도 하지만 평생 심금을 울리는 한 편의 시를 위한 밑거름이라 생각하며 심혈을 기울렀다. 누구나 쓸 수 있는 글이지만 순간마다 와 닿는 특별한 감정을 놓치지 않는 자체가 시인의 참 모습이라 생각한다. 늘 그렇게 해왔지만 쉽게 다가갈 수 있는 시어로 심상을 표현하려고 애썼다.

시간이 흘러도 처음 시작하는 순수함으로 시를 위해 새기고 또 새긴다. 그러나 자기성찰의 작품이 독자에게 감동을 준다는 것을 알고 있지만 현실은 늘 나의 기대를 벗어나고 있다. 이처럼 동떨어진 생활패턴임에도 늘 긍정적으로 이끌어 주신 하청호 선생님과 표지그림과 편집을 도와준 김정하 애니메이션 작가께 감사의 말씀을 드린다.

2023년 대구시민이 된 첫 가을에
이광렬

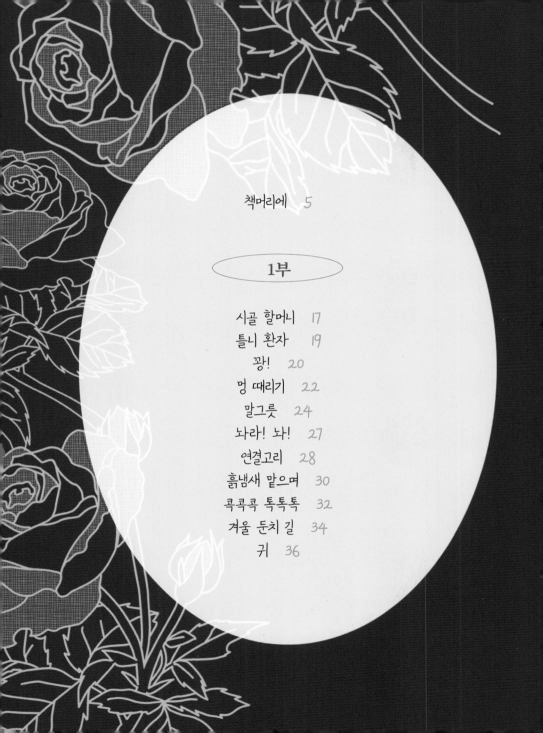

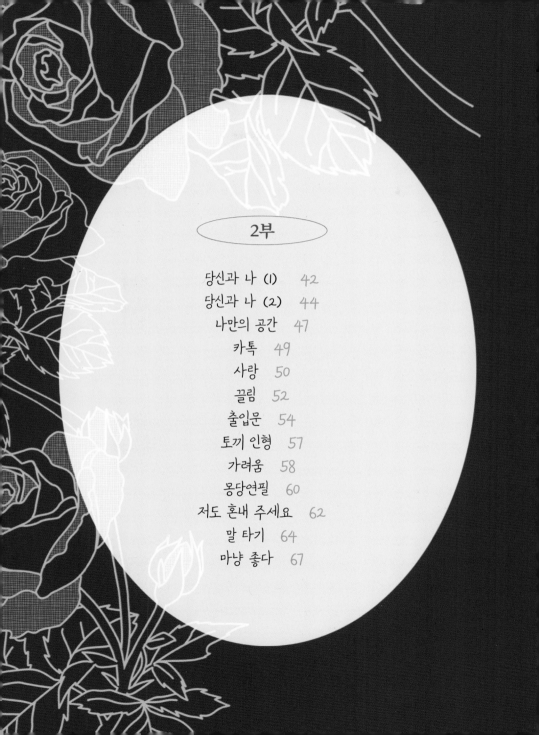

2부

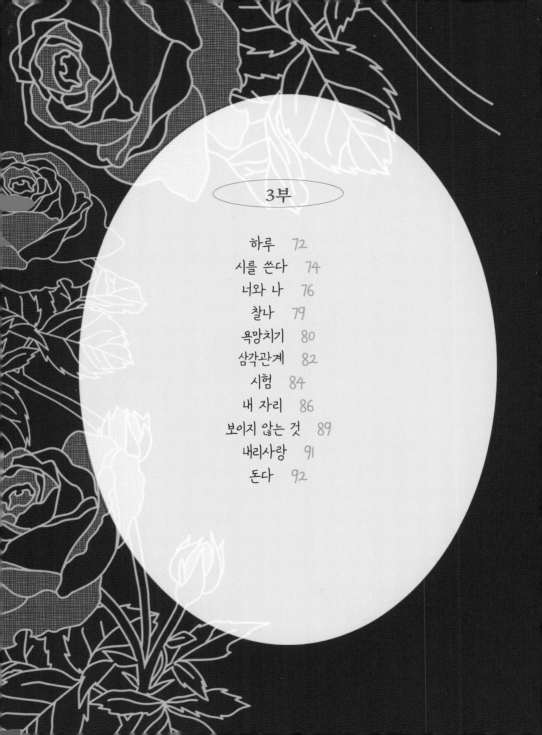

3부

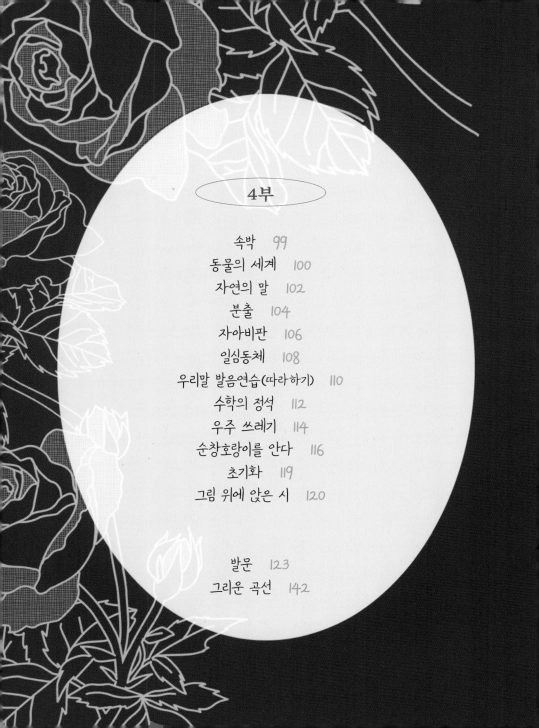

4부

1부

시골 할머니

애호박 하나
참기름 한 병
손질한 냉이 한 봉지

내미는 흙때 낀 거친 손
헐헐헐 해맑은 미소
무엇과도 바꿀 수 없어

찾아오는 할머니가 좋다
두 손 마주 잡고서
시골인심 살아있네!

장에 온 김에 들렀단다
마음은 급해도
느릿느릿 문을 나선다

언제 다시 찾을지 모를
등 굽은 할머니의 뒷모습
기다려지는 시골장날

틀니 환자

기역자 꺾인 허리
지팡이에 의지한 채
장날에 찾아온다
잇몸이 줄었나
잘 안 씹힌단다

이가 하나씩 줄어
많던 이 하나도 없네
세월에 짓눌린 잇몸
마주한 것으로 해결 끝
어린 아이처럼 좋아하신다

손때 밴 지팡이
힘겨운 걸음걸이
언제 또 오시려나
이따금
문 앞에 떨어지는 부고 소식

꽝!

아무것도 떠오르지 않네
혼자가 되었다
제대로 갇혔다
감옥이 별건가
숱한 그리움의 억눌림
자유로워져야 하는데
배출되지 않는 찌꺼기

꽝! 꽝! 꽝!
의미 없는 두드림
멍 때려 보아도
그리운 이들 그려보아도
멈춰버린 순간들
하얗게 비워져 버렸다

세월 속에 스며든 흔적
끄집어내어 풀기도
그려도 보고 싶은데

왜 이럴까
보이지도 들리지도 않네
어제도 꽝!
오늘도 꽝!

멍 때리기

눈감고 때릴까
눈뜨고 때릴까
생각 없애기
말끔히 지워보자
텅 비우는 멍 때리기

멍하니 모자란 듯
조는 것도 아닌
안 조는 것도 아닌
바라보고도
아무것도 보지 않는다

모든 생각 떨쳐버리고
멍하니 있고 싶다
고개 끄덕끄덕
아무것이 없어도
아무것이 없지 않다

말그릇

쏟아지는 말 말 말
말그릇에 담아보자
가득 찬 거친 말
시시때때로 고달픈 귀

내던져진 말폭탄
말가시에 긁히고 찔려
한구석에 남은 멍울
아리고 쓰리다

하나씩 지워내고
새로이 담겨지는
꽃 사랑 부드러움
미소가 피어오른다

말동산서 움이 튼다
사랑의 말꽃 피어난다
가득 채워진 예쁜 말
어느덧 꽃동산을 이룬다

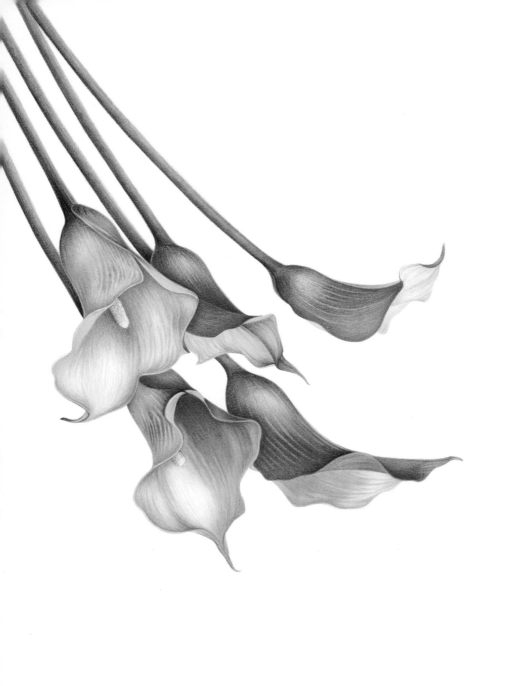

놔라! 놔!

원숭이 사냥법
손만 들어가는 상자
유혹하는 과자 바나나
놓으면 살 수 있으련만
쥔 것 놓지를 않는다

우리 인간세계
휴식도 여가도 없이
벗어나기 두려워
망가져 가는 데도
모두 잃은 때늦은 후회

놓으면 산다는데
놓으면 편해진다는데
현실에 갇혀
아슬아슬 매달려 있다
제발 놔라! 놔!

연결고리

땅땅거리는 이 땅
내 것 아니어도 모두가 내 것
물소리 바람소리 흙냄새
값지고 양지바른 땅
누군가에게 인연 될 땅과의 만남

시심(詩心) 사라지고
감성 뒷걸음치고
연결고리 만들어보자
저 멀리 형세 좋은 산과 들
논두렁길의 임장활동*

솔 향 나르는 바깥바람
과거 현재 미래의 땅
무한의 가능성 찾아
멀리 꿰뚫어본다
땅! 땅! 시심 묻을 땅이여

* 임장 활동(臨場活動): 부동산이 있는 현장에 직접 가서 부동산의 이용 실태를 알아보는 활동
  33회 공인중개사 자격증 취득 후 땅을 소재로 처음 쓴 시

흙냄새 맡으며

흙먼지 이는 맨땅이 좋다
나뭇잎 썩은
거름냄새 나는
꽃 피고 지는
새 생명 잉태하는 흙이 좋다

온종일 땅 한 번 못 밟았다
아니 일주일 내내….
나도 모르게 갇혀버렸다
세상 뒤덮은 콘크리트
땅도 숨을 못 쉰다

땅 밟고 흙냄새 맡을 수 있는
돌부리 박힌 흙길이 그립다
소나기 내리는 한낮
주룩주룩 마당 적시며
코끝에 닿는 흙냄새 맡아 보았는가

흙이 좋다
맨땅이 좋다
흙냄새 나는 사람이 좋다

콕콕콕 톡톡톡

콕콕콕 톡톡톡
정신 차리라고
잘 지내왔잖아
무거워진 눈꺼풀
쌓인 감정 내던지고
망각의 늪으로

기억이 사라지고
과거도 사라졌다
이름도 잊혀질 그날
순간이 지배하는
멈춰버린 시간
삶도 미분(微分) 속으로

콕콕콕 톡톡톡
시공 깨뜨리기
잠재된 찰나의 기억
수렴을 위한 질주
우주의 미세먼지
무한대 극점 창조

겨울 둔치 길

벙거지모자 털장갑 목도리
둔치 길을 걷는다

얼음장 깨는 불자님
목탁과 성불가
돗자리 위 제사상
미꾸라지 방생
이 추위에 살아남으려나

저기 얼음 낚시하는 사람
털모자 털옷 방한한 채
한 뼘 얼음구멍으로
인생과 세월을 낚는다

살려 보내는 자
잡아 올리는 자
한겨울의 방생과 낚시
이쪽에선 자비 저쪽에선 손맛

선과 악의 경계선 위로
기우뚱거리며 걷고 있는 나

귀

아기가 울어도 소리쳐도
엄마는 시끄럽지 않다
내 아기가 아니어도
불편해도 참는다

사랑하는 이가 노래한다
가수든 음치든
함께 있는 하나만으로
즐겁고 행복하다

듣고 싶은 것만 듣는다
감미로운 꽃향기다
듣기 싫은 것 외면한다
귀 막고 싶은 소음이다

싫지만 들려오는 소리
때론 싫어도 듣고
때론 한 쪽으로 흘리고
싫든 좋든 모든 것 듣는 귀

귀가 고생이 많다
선택할 수 없는 귀

2부

당신과 나 (1)

당신이 노래한다

소음이다
성가신 잡음이다

노래가 소음이 되어도
지나고 나면 가슴에 남는다

꽃향기로 여길까
삶의 리듬이라 생각하니 새롭다

당신은 노래하고
지긋이 웃으며 딴 세상 그린다

당신과 나 (2)

쿡쿡 찌른다
톡톡 쏘아댄다
빡빡 긁어댄다

꾹 참는다
고개를 돌린다
한쪽으로 흘린다

살붙이의 야멸찬 말들
깊어가는 애증의 늪

나만의 공간

숨겨둔 공간 아무도 찾을 수 없어

마른 잎 융단 삼아

누워서 하늘을 바라본다

날아가는 철새 흔들리는 갈대

옅은 바람 소리뿐

아무도 없는데 감추고 싶다

완전한 자유 안전한 공간

갈대에 싸인 천연의 요새

고요하다 아늑하다

세상이 내 안에 있다

카톡

"카톡카톡"

내일 만나요

달빛에 취한 듯

두근두근 내 마음

사랑 가득 그대 미소

꿈꾸는 오늘 밤

함께여서 행복해요

사랑

그리우니 헤어진다
하루 이틀
한 달 두 달 한 해 두 해
영원한 사랑 꿈꾸며

이젠 잔소리가 싫다
하루 이틀
세월이 많이 지났다
덤덤해진다

그래도 꿈꾼다
싫은 것도 아픈 사랑
덤덤해지는 것도 또 다른 사랑
너에게로 가고 싶다

익사하는 사랑

끌림

휘어잡는 숨결

심장을 관통한다

살아있는 눈빛

그 눈망울을 그리워 한다

내가 너였으면…

나를 삼킨다

깊숙이 빨려 들어간다

사로잡혀 버렸다

이미 나는 없다

출입문

구순(九旬) 할머니
또 와서 미안하단다
오래 살아 폐 끼친다고
틀니 잘 쓰고 있다고

"백수(白壽) 끄떡 없습니다"
많이 살았다며 농담 말란다
그래도 싫지 않은 눈치다

목소리에 힘이 느껴진다
할머니도 웃고 나도 웃고
두 손 꼬옥 잡는다
출입문을 나선다
뒷모습이 쓸쓸하지 않다

다시 문 쪽으로 눈길이 간다
오늘 할머니 힘이 넘쳐난다

토끼 인형

책장 위 회색 토순이
꺾이고 처진 두 귀
손때 묻은 낡은 옷

돌아서면 그리워져
시간에 묻혀도
너는 항상 그 자리

함께한 우리의 세계
타임캡슐 속에서
마주 보고 웃고 있네

언제나 한몸이야
까만 눈 속에 얼비치는
유년의 기다림

가려움

가려워 등이 가려워
오른손이 닿지 않고
왼손도 닿지 않네
긁어 줄 아무도 없네
효자손도 없네

가려워 너무 가려워
아무 데나 벅벅
벽에 대고 벅벅
가려움 못 견뎌
이리 뒹굴 저리 뒹굴

아~ 시원하다
벅벅 긁어 주는 보이지 않는 손
그리운 손

몽당연필

쓰다가 짧아진 연필
볼펜자루에 끼워서 썼다
침 발라 쓰다가
까만 혓바닥 보고 웃었다

깎기 연필 대신
샤프펜 볼펜 형광펜으로
이젠 자판 두드리고
눈으로만 보는 시대

철자법 띄어쓰기도 엉망
지렁이 기어가듯
꼭꼭 눌러쓴
정성어린 손 편지가 새롭다

버려진 몽당연필
심처럼 굳게 새겨져
혓바닥 까맣게 물들인
비뚤비뚤 손 글씨의 옛 기억

저도 혼내 주세요

언니가 혼나고 있다
숙제도 안 하고
일기도 안 쓰고
게임만 하고 있다
꾸짖는 소리에 눈물이 그렁그렁

휘둥그레 부엉이 눈 작은딸
숙제도 미리하고
일기도 쓰고
그림도 그린다
알아서 척척이다

어느 날
구슬 같은 눈물이 뚝뚝
저도 혼내 주세요
알아서 잘하는 넌 혼낼 게 없다
우습고도 사랑스러워

말 타기

말 타기 게임한다
등에 업고 방 한 바퀴 돌기다

가위 바위 보!
내가 이겼다
품 안에 쏙 들어온 딸
등에 탄 척 손발 짚고 같이 돈다

가위 바위 보!
이번엔 딸이 이겼다
내 등에 올라탔다
이랴! 이랴!
이리저리 쿵덕쿵덕
떨어질까 매미처럼 찰싹
재밌다고 난리다

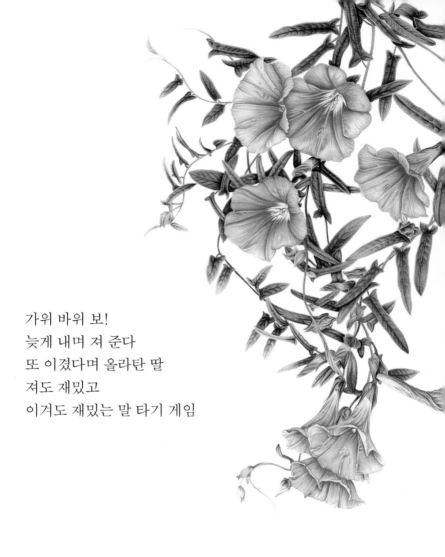

가위 바위 보!
늦게 내며 져 준다
또 이겼다며 올라탄 딸
져도 재밌고
이겨도 재밌는 말 타기 게임

마냥 좋다

눈부신 아침
커튼 걷으며 멀리 응시한다
구름 위를 걷는다
긴 시간으로의 여행
애태우며 기다렸다

선명한 눈빛
후광이 비친다
어느 날 예고 없이 찾아와
어제 본 듯 반기네
인연이라 했다

기쁨의 세포 온몸으로 퍼져
사뭇 기다려온
되찾은 내 살같이
애써 속내 감춘다
마냥 좋다

3부

하루

하루해가 길었다가
어떤 날은 짧았다가

좋은 날은 순식간에
슬픈 날은 더디기만 하네
기다림의 시간 길고
누려온 시간 쏜살 같네

종일 휴대폰만 만지작
할 일 없이 빈둥빈둥
서로 다른 하루의 길이
누군 길고 누구에겐 짧고

누구에게나 공평한
길고도 짧은 하루
마음의 길이로 재단하여
시간의 굴레에서 벗어난다

시를 쓴다

뭉텅 잘린 고깃덩이가 아닌
맛깔스럽게
얇게 가늘게 실올처럼

쥐어짤 듯 아프다
얼기설기 신경처럼
예리하게 촘촘하게

보이지 않아도
가슴 에이는 전율 옮겨 놓는 것

벌컥벌컥 마시고 토해낸다
응축된 내면 사방에 퍼진다

보일 듯 말 듯
닿을 듯 말 듯
잡히지 않는 심상들의 부침

얕은 내면의 세계
뿜어내는 기저의 울부짖음
지난 기억 떠올리며 추락하는 언어들

너와 나

나는 나다
너는 너다
너와 나는 소중하다
내가 너가 될 수 없고
너가 내가 될 순 없다

나는 너의 일부가 좋다
너의 모두를 좋아하지 않는다
나는 내가 싫을 때가 있다
나는 그런 나를 좋아한다
나는 내가 좋다

나는 너의 모두 좋아한다는 말
너가 나의 모두 좋아한다는 말 못 믿겠다
나도 나를 전부 좋아하지 않는데
너가 나를 다 좋아할까
내가 너를 다 좋아할까

내가 너를 좋아하는 건 일부다
내가 너의 전부를 과연 좋아할까
너와 나 서로 좋아한다
너는 너다
나는 나다

찰나

얽힌 무게 숨죽이며
하나씩 걷어내었다
암흑의 시간 밀어내고
짧은 빛 맞이했다
이 순간 잡으려
바람 따라 세월 따라

길이 멀다
이리저리 헤매다가
한 곳으로 정했다
걸리적거리는 벌레 잡풀
어둠보다 더 힘들어
오로지 위를 향하여

세상이 보인다
네가 있어 내가 있어
내려다본 순간
움켜쥔 모래알처럼
잡으려 해도 사라져버려
이곳은 잠시 머무르는 곳

욕망치기

숭덩숭덩 잘라내도
곁가지가 움틀움틀

잘려나도 자라나
모질게도 살아있다

조심스레 살피다
살며시 고개 내민다

아무런 미련 없이
오늘도 숭~덩!

삼각관계

나는 그를 싫어한다
나는 너를 좋아한다
너는 그를 싫어할까

너는 그를 좋아한다
너는 나를 좋아한다
내가 그를 좋아해야 하나

나는 그를 싫어한다
너는 그를 좋아한다

나는 네가 그를 싫어하길 바라고
너는 내가 그를 좋아하길 바라고

도대체 너와 나의 관계는
모르겠다
서로 편한 대로 살자
그를 좋아하는 네가 싫다
그를 싫어하는 내가 싫겠지

하느님은 원수도 사랑하라는데
내가 싫어하는 사람도 아닌
내가 싫어하는 사람을 좋아하는 사람조차
싫어지는 이 기분
삶이란 그런 것 아모르 파티!

시험

태어난 순간부터
자의든 타의든
시험에 길들여져 떠밀린 긴 여정

수많은 통과의례
짜릿짜릿 조마조마
밋밋한 삶 떨쳐낸 나만의 도전 성취감

기쁨과 슬픔의 교차
꿋꿋이 헤쳐 나간다
내일도 모레도 삶은 시험의 연속

내 자리

앉아야 할 수많은 자리
내 자리는 어디인가

착각에 빠져 넘어버린 선
단맛에 절어 쓴 것 외면한다

뻣뻣해진 목
짧아지는 말투
커져가는 목소리
세상에 길든 사고

자기만의 자리
있지도 않는
억지로 만든
어울리지 않는 자리

오늘도 상념에 빠진다
내 자리는 어디인가

보이지 않는 것

보고 싶다
볼 수가 없다
그리워 그려본다

눈을 감는다
보이지 않는다
안 볼 뿐이다

그립거나 아니함은
거리가 아닌 사람의 마음

내리사랑

감추는 게 많아졌다
손을 잡아도
말을 걸어도
흔들림 없는 무심한 표정

꽃 피고 열매 맺어
시간으로의 여행
이대로 사라지는가
베어진 밑동 되어
흔적으로 남는다

모질게 남은 영혼
잔가지가 움트네
먼 훗날 다시 돌아와
잊어버린 사랑 이어가네
아낌없이 주는 사랑

쉘 실버스타인의 '아낌없이 주는 나무'가 연상됨

돈다

돈다 돌아 모두가 돈다
지구가 돌고 달이 돌고
화성이 돌고 목성이 돈다
태양계가 돌고 우주가 돈다

세상은 돌고 도는 것
자궁 속에서 돌고
누워서 돌고 뛰면서 돌고
웃으며 돌고 슬퍼도 돈다

돌다가 한 바퀴 훌쩍 돌았네
두 바퀴도 못 돌면서
정신없이 돌고 있네
돌고 도는 우리의 인생

4부

속박

시키는 대로 살았다
갇혀 산지 오래
흐느끼는 신음소리
저항할 기력조차 빼앗긴 채
자유는 자유를 잊는다

토해내는 본능적 울부짖음
점차 무뎌지는 아픔
누구를 위해
무엇 때문에
영문도 모른 채 삭인다

고통의 한숨 몰아쉰다
다시 시키는 대로
일상화 된 철장 속
내미는 한 술 밥에
값비싼 시간을 산다

동물의 세계

밀어내야 살아 남는다
입을 더 크게 벌리고
더 크게 울어야 먹이를 얻는다
토실토실 살 오른 엉덩이

밀려난 비쩍 마른 몸뚱이
툭 하고 떨어진다
두려움과 공포뿐
추위와 굶주림 냉혹한 죽음뿐

동정은 원래부터 없었다
점점 더 거대해지고
탐욕으로 비만한 몸뚱이
승자의 여유로 바라본다

한 덩이 고기 앞 도덕은 사라진다
빼앗긴 약자의 분노
씁쓰레한 입맛 다시며
해 떨어진 노을에 운명을 맡긴다

자연의 말

필사적인 먹이사냥
쫓는 호랑이 편들어야 하나
달아나는 영양 편을 드나
강자든 약자든 그 새끼는

약자 입장에 서면
달아나 살길 바라고
강자 입장에선
새끼 위해 성공하길 바라고

살아가는 방식 각기 달라
먹이 사냥을 위해
강자가 약자 취하는 동물세계
쫓고 쫓기며 균형을 이룬다

밥만 먹고 살 수 없는 인간사회
채우지 못해 아쉬워한다
하나 얻고 나면
다른 것이 또 손 내민다

저마다 이유 있는 투쟁하며
힘 있고 가진 자의 정의
불만족한 불균형의 균형으로
우리 삶을 성찰하게 한다

분출

완벽한 연기는 없다
철저히 숨겨놓은 내적 억눌림
봇물 터지듯 툭 툭 툭

거울보고 욕하기
고함 질러보기
정신없이 달리기

소심한 분출
야릇한 쾌감
층층이 쌓인 굴곡진 삶
홀 홀 털어버리자
뒤따라오는 후련함과 허전함

일탈
호작질
난장판
카오스
무질서 속의 질서

자아비판

길몽을 꿨다
허황된 꿈을 꾸며
로또 한 장 사러 간다

나이가 들어간다
주위가 줄어들고
혼자가 편해진다

세상을 산만큼
시력도 줄고
시야도 좁아진다

쉬운 것만 찾는
합리화에 능숙한
타성에 젖은 모습

거울을 본다
그만큼의 눈으로
나를 쳐다보는 눈

일심동체

너는
네 것은 네 것이고
내 것도 네 것이라며

나는
내 것은 내 것이고
네 것은 네 것이다

내 것 네 것 따로 있나
내 것이 네 것이고
네 것이 내 것이지

(경상도 버전)
닌
닉껀 니끼고
낵껏또 니끼라메

낸
낵껀 내끼고
닉껀 니끼다

낵꺼 닉끼이 어딘노
낵끼 니끼고
닉끼 내끼제

우리말 발음연습(따라하기)

빠박 빠바박 빡
뻐벅 뻐버벅 뻑
빠방 빠바방 빵
삐빅 삐비빅 삑

짜작 짜자작 짝
찌직 찌지직 찍
따닥 따다닥 딱
뚜둑 뚜두둑 뚝

타닥 타다닥 탁
투둑 투두둑 툭
파박 파바박 팍
퍼벅 퍼버벅 퍽

빠박 뻐벅 빠방 삐빅
짜작 찌직 따닥 뚜둑
타닥 투둑 파박 퍼벅

빡뻑빵뻑 짝찍딱뚝 탁툭팍퍽

숨겨져 있는 규칙
신기하고 오묘한 우리말
세종대왕 만세!
훈민정음 만세!

수학의 정석

참 거짓 구분할 수 있는 식이나 문장
무수한 부호와 공식
쉬운 걸 어렵게 만드네
심오한 진리 속 해야 할 과제들
굳었던 회로가 미끌려 간다

이차 함수 근의 공식

$$\frac{-b \pm \sqrt{b^2 - 4ac}}{2a}$$

로또복권 일등 확률

$$1/{}_{45}C_6 = 1/({}_{45}P_6/6!) = 1/8,145,060$$

다가갈수록 재미있네

좁았던 입구 끝없이 펼쳐진다
응용된 삼각함수 미분 적분
극한과 수렴의 무한반복
머리 굴리기 싫다
풀다가 모르면 통과

시간과 공간의 숨바꼭질
되물림 되는 수학의 정석
내용은 그대로인데 낯설다
삶이 묶어버린 수학공식
그 위에 존재하는 초월의 함수

우주 쓰레기

우주에서 본 지구
옥구슬이 튀어 오르네
아름다운 우리의 세상

수없이 쏘아 올린 로켓
버려진 연료통 페어링 부품들
서로 부딪히고 튕기고

인간영역이 어디까진가
침범 말아야 할 그곳까지
꽂힌 깃발 나뒹구는 페트병

유성이 떨어지듯
수시로 날아드는 파편들
문명과 탐욕의 우주 쓰레기들

순창호랑이를 안다

우연히 이끌린 어느 골목길 떡방앗간
각지서 데려온 호랑이
백호랑이 흑호랑이가 득실
용맹한 순창호랑이
매혹적인 점과 곡선

사람과 사람의 만남
그리고 호피석*과의 결연
떡 방앗간 호랑이들 여기저기 어슬렁거리다
이제야 주인 만난 듯
순창호랑이 내게로 안기다

번뜩이는 눈빛 기운 넘쳐나
서로서로 교감하며 무한의 힘 솟구친다
정글 속 사정없이 달리다
의기양양한 포효소리
함께 광야로 뛰쳐나간다

* 호피석: 호피무늬 수석의 일종

초기화

인스타그램 유튜브 카페
SNS에서의 조회 수 전쟁
존재감 위해
수익을 위해
저마다 목적을 위해

조회한 내용에 따라
취향에 따라
인공지능의 노예가 된다

눈앞의 익숙한 장면
자기가 쳐 놓은 울타리
가상과 현실의 혼돈 속
서서히 옥죄여간다

처음으로 되돌리고 싶어도
보이지 않는 흔적 족쇄 되어
지워도 완벽한 리셋은 없다

그림 위에 앉은 시

점점이 꾹꾹 쓱싹쓱싹
미끄러지듯 곱게 피어나
웃음 가득 예쁜 꽃 가득
꽃씨가 어느덧 꽃동산이 되었다
시가 그림 되고
그림이 시 되어
서로가 한 몸 되었다
어떤 색 입힐까
어디에 머물까
환히 웃는 꽃잎 위에 앉았다

끊임없이 성찰하고 정화하는 고백의 시

하청호/시인·대구문학관장

이광렬의 4번째 시집 『그림 위에 앉은 시』를 펴낸다. 2021
년 『그리운 곡선』 상재 이후 2년 만이다. 그는 바쁜 진료 중
에도 시심을 놓지 않았다. 특히 이번 작품집은 부인의 그림
과 함께 펴낸 것으로 의미가 남다르다고 하겠다.

그의 시는 담백하고 솔직하며 서사에 바탕을 둔다. 장식적
이며 현학적인 언어와 비유를 최대한 절제한다. 기존 시의
형식이나 작법에 얽매이지 않고 자기감정에 충실하다. 어찌
보면 감정의 지나친 유로(流露)가 자칫 감상(感傷)에 빠질 수
있으나 개의치 않는다. 내용과 표현에도 거리낌이 없다. 자
기만의 형식과 표현으로 쓴다. 누구도 의식하지 않고 시 자
체에 진심이다. 다른 사람의 얘기는 경청하지만, 근본은 흔
들리지 않는다.

이광렬은 말한다. '나는 시가 너무 무겁거나 심각해야 한다는 것에 동의하지 않는다.' 그는 일상에서 일어나는 평범한 일들, 소소한 감정을 진솔하게 표현하는 것이 그렇다. 시가 보편성과 영속성을 획득해야 하지만, 다양한 삶의 시대에 독백 같은, 때로는 묵힌 감정의 분출도 나쁘지 않다고 생각한다. 왜냐하면 시는 일차적으로 자기 위안이기 때문이다. 이광렬의 시는 그가 세상을 보고 인식하는 방법이다. 그래서 시로서 현상을 말한다. 시인 허만하는 '시인은 자신의 언어와 자신의 세계를 가질 때 비로소 시인이다.'라고 했다. 그의 시는 때로는 거칠고 세련되지 않았지만, 개성적인 견고한 세계를 가지고 있다.

〈 I 〉

필자는 이광렬의 제3시집 『그리운 곡선』에서 '그의 시적 관심은 작금(昨今)의 세상 보기와 삶에서 배어나는 그리움과 페이소스다. 그러나 밑바닥에 깔리는 시적 메시지는 건강하고 밝다.'고 했다.

이번 시집에서도 관심의 대상은 제3시집과 크게 다르지 않다. 다만 대상을 조응하는 눈이 다소 육화(肉化)되었으며,

때로는 심리적 갈등이 정신적 아노미 상태를 보여준다. 눈여겨볼 것은 우리말의 속성과 수학적 소재를 시에 끌어들였다는 점이다.

이광렬은 시로써 끊임없이 자신을 성찰하고 정화한다. 어쩌면 시가 그의 정신적 카타르시스인지 모른다.

애호박 하나
참기름 한 병
손질한 냉이 한 봉지

내미는 흙때 낀 거친 손
헐헐헐 해맑은 미소
무엇과도 바꿀 수 없어

찾아오는 할머니가 좋다
두 손 마주 잡고서
시골 인심 살아있네!

장에 온 김에 들렀단다
마음은 급해도
느릿느릿 문을 나선다

언제 다시 찾을지 모를
등 굽은 할머니의 뒷모습
기다려지는 시골 장날

— 「시골 할머니」 전문

　시는 사건 또는 인물의 인상이나 정서를 감각적 이미지를
통해 표현하는 것이다. 이러한 이미지는 체험이 받쳐주면
감동은 배가된다. 작품 「시골 할머니」, 「틀니 환자」는 그가
평생 봉직한 치과의사로서의 일상을 향토적 서정으로 그려
내고 있다.
　「시골 할머니」를 읽으면 마음이 따듯해 온다. 의사와 환
자 이전에 사람과 사람의 인간적 교감이 감동을 준다. 장날
에 아픈 이를 고쳐준 그에게 할머니가 '장에 온 김에 들렀단
다.'고 했다. 시골의 인사법은 이렇다. 속마음을 감추고 무
심한 듯 말한다. 그 속에 담긴 감사한 마음은 애호박 하나,
참기름 한 병, 손질한 냉이 한 봉지로 구체화 된다. 고마운
마음을 말이 아니라 행동으로 보여준다. 김수환 추기경은
'사랑이 머리에서 가슴으로 내려오는 데 칠십 년이 걸렸다.'
고 했다. 시골 할머니는 이미 머리가 아니라 가슴에 사랑이

깃들어 있다.

　　기역자 꺾인 허리
　　지팡이에 의지한 채
　　장날에 찾아온다
　　잇몸이 줄었나
　　잘 안 씹힌단다

　　이가 하나씩 줄어
　　많던 이 하나도 없네
　　세월에 짓눌린 잇몸
　　마주한 것으로 해결 끝
　　어린아이처럼 좋아하신다

　　손때 밴 지팡이
　　힘겨운 걸음걸이
　　언제 또 오시려나
　　이따금
　　문 앞에 떨어지는 부고 소식

　　　　　　　　　—「틀니 환자」전문

「틀니 환자」와 「출입문」은 「시골 할머니」와 같은 유형의 작품이다. 아픈 이를 치료한 후 즐거워하는 할머니를 사랑의 마음으로 진술하고 있다. 그러면서 '문 앞에 떨어지는 부고 소식'으로 은유된 이승을 하직한 할머니를 마음 아파하고 있다.

작품 「출입문」에서는 '구순 할머니/또 와서 미안하단다/오래 살아 폐 끼친다고' 할머니의 말을 여과 없이 그대로 인용하고 있다. 구순(九旬) 할머니가 이가 아파 치과에 오는 것은 당연하다. 그렇지만 할머니는 폐를 끼친다고 생각했다. 돈을 지불하고 치료받는 것이니 미안할 필요가 없는데도 말이다. 이것이 우리나라가 오래 지켜온 수오지심(羞惡之心)이다. 그는 치과에서 일어난 환자들을 치료할 뿐만 아니라 마음도 어루만져 공감대를 가진다. 이광렬의 시는 이처럼 생활과 밀착된 이미지일 때 더욱 감동적이다.

〈Ⅱ〉

벙거지모자 털장갑 목도리
둔치 길을 걷는다

얼음장 깨는 불자님
목탁과 성불가
돗자리 위 제사상
미꾸라지 방생
이 추위에 살아남으려나

저기 얼음 낚시하는 사람
털모자 털옷 방한한 채
한 뼘 얼음구멍으로
인생과 세월을 낚는다

살려 보내는 자
잡아 올리는 자
한겨울의 방생과 낚시
이쪽에선 자비 저쪽에선 손맛

선과 악의 경계선 위로
기우뚱거리며 걷고 있는 나

―「겨울 둔치 길」 전문

「겨울 둔치 길」은 일종의 '고백의 시'이다. 겨울 둔치에서 보는 이율배반적인 낚시와 방생을 보며 현재의 자신을 스스로 돌아본다. 살려 보내는 자(방생)와 잡아 올리는 자(낚시), 즉 자비와 손맛을 동시에 체감하는 그는 문득 '선과 악의 경계선 위로/기우뚱거리며 걷고 있는 나'를 발견한다. 그러면서 오늘날 정보화시대가 안고 있는 모순을 날카롭게 비판한다. 지난 제3시집에서 주로 보여준 사랑과 그리움에서 벗어나 이번 시집에서는 대상을 보는 눈이 깊고 넓어졌다.

하이데거(M. Heidegger)는 '존재의 소리에 응답하는 것이 시의 임무'라고 했다. 그가 존재의 소리에 응답하는 시적 역량이 조금씩 발전하고 있는 것은 고무적인 일이다.

앉아야 할 수많은 자리
내 자리는 어디인가

착각에 빠져 넘어버린 선
단맛에 절어 쓴 것 외면한다

뻣뻣해진 목
짧아지는 말투
커져가는 목소리

세상에 길든 사고

자기만의 자리
있지도 않는
억지로 만든
어울리지 않는 자리

오늘도 상념에 빠진다
내 자리는 어디인가

―「내 자리」 전문

   작품「내 자리」 역시 존재의 무거움을 되새기게 한다. 그는 '내 자리는 어디인가'라며 의문을 던진다. 불가에서 말하는 화두이다. 작품「찰나」 역시 종교적인 혜안으로 '네가 있어 내가 있다'고 하며 '세상은 잠시 머무르는 곳'이라는 자성의 눈을 뜨게 한다.

   불가(佛家)의 화엄에서는 '우주의 모든 사물이란 어느 하나라도 홀로 있거나 홀로 일어나는 일이 없으며 모두가 끝없는 시간과 공간 속에서 서로의 원인이 된다. 대립을 초월하여 하나로 융합되어있는 법계연기(法界緣起)의 이치를 기반

으로 한다.'고 했다. 이광렬은 자신의 자리를 찾는 것이 아
니라 서로 함께하는 자리, 즉 내가 무엇을 해야 하는 가를
깨닫고 싶은 것이다.

<Ⅲ>

아무것도 떠오르지 않네
혼자가 되었다
제대로 갇혔다
감옥이 별건가
숱한 그리움의 억눌림
자유로워져야 하는데
배출되지 않는 찌꺼기

꽝! 꽝! 꽝!
의미 없는 두드림
멍때려 보아도
그리운 이들 그려보아도
멈춰버린 순간들
하얗게 비워져 버렸다

세월 속에 스며든 흔적
끄집어내어 풀기도
그려도 보고 싶은데
왜 이럴까
보이지도 들리지도 않네
어제도 꽝!
오늘도 꽝!

—「꽝」 전문

　「꽝」은 흔히 말하는 시작법의 감각과 언어로 쓴 작품과는
거리가 있다. 분위기는 약간 냉소적이고 희화(戲畫)적이나 절
박감은 있다. 현대사회는 정신적으로 혼자가 된 사람이 많
다. 가족과 다수의 사람 사이에 존재하고 있지만, 서로 단절
감을 느낀다. 어쩌면 인간은 태생적으로 홀로이며 외로운
존재이다.
　이 작품의 화자인 그는 자유로움과 외로움의 이질적인 두
가지 심리가 복합된 정신적 아노미 상태에 있다. 여기에서
갇힘이란 인간관계에서 오는 갈등과 번민이다. 그러한 굴레
(감옥)에서 벗어나고 싶지만, 숱한 그리움과 억눌림이 놓아주

지 않는다. '자유로워져야 하는데/배출되지 않는 찌꺼기'가 쌓여있는 것이다. 이러한 심리상태에서 '꽝'이란 가학적인 충격을 통해 벗어나고자 한다. 하지만 의욕일 뿐, 한 치도 앞으로 나아가지 못한다. 그에게 '꽝'은 잠시나마 억압에서 벗어나는 탈출 행위이다.

> 숨겨둔 공간 아무도 찾을 수 없어
> 마른 잎 융단 삼아
> 누워서 하늘을 바라본다
> 날아가는 철새 흔들리는 갈대
> 옅은 바람 소리뿐
> 아무도 없는데 감추고 싶다
> 완전한 자유 안전한 공간
> 갈대에 싸인 천연의 요새
> 고요하다 아늑하다
> 세상이 내 안에 있다

— 「나만의 공간」 전문

공간은 여러 가지 의미가 있다. 작품 속의 '나만의 공간'은 피난처이다. 몸이 아니라 정신적인 피난처이다. 누구나 어려움이 직면했을 때 현실로부터 탈출하여 자기만의 공간에 들어가 마음의 안정을 꾀한다. 문학의 특징은 인간을 억압하지 않는다. 그래서 억압하는 사슬을 풀고 자유공간으로 나오게 하는 힘이 있다. 작품 「속박」 역시 「나만의 공간」과 그 궤를 같이하고 있다. 장소의 개념에서 보면 「나만의 공간」은 또 하나의 속박이다. 그는 지극히 길들여진 자신의 삶을 '저항할 기력조차 빼앗긴 채/자유는 자유를 잊는다'고 하며 절망한다.

하지만 공간은 스트레스를 해소하는 자유로운 공간이다. 그만의 공간에서 비로소 마음의 안정을 찾는다. 그곳은 자연이다. '마른 잎 융단 삼아' 누워서 하늘을 바라보고, 그 속에서 '완전한 자유, 안전한 공간'을 느낀다. 그는 자연에서 비로소 행복과 평안을 얻으며 '세상이 내 안에 있다'고 한다. 이광렬의 시는 지난날의 고뇌와 아픔을 고향의 흙과 바람 속에서 공간을 만들고 그 안에서 평안을 찾고자 한다.

〈Ⅳ〉

뭉텅 잘린 고깃덩이가 아닌
맛깔스럽게

얇게 가늘게 실올처럼

쥐어짤 듯이 아프다
얼기설기 신경처럼
예리하게 촘촘하게

보이지 않아도
가슴 에이는 전율 옮겨 놓는 것

벌컥벌컥 마시고 토해낸다
응축된 내면 사방에 퍼진다

보일 듯 말 듯
닿을 듯 말 듯
잡히지 않는 심상들의 부침

얕은 내면의 세계
뿜어내는 기저의 울부짖음
지난 기억 떠올리며 추락하는 언어들

—「시를 쓴다」 전문

작품 「시를 쓴다」는 시어가 매우 거칠고 투박하다. 진술이 서사적이며 격정적이다. 그는 시 쓰기의 어려움을 감정의 여과 없이 그대로 나타낸다.

앞서도 언급했지만, 이광렬은 시의 구조나 완성도 보다는 자신의 원초적 감정에 충실하다. 특이하게도 「시를 쓴다」는 다른 작품에 비해 은유를 십분 활용하고 있다. 이미지의 구체화, 적절한 시어 선택을 '맛깔스럽게'로 빗대어 표현하고 드러나지 않는 이미지를 '심상들의 부침'이라며 시작(詩作)의 고충을 말한다. 구체적으로 드러내는 작품은 「말그릇」이다. '말가시에 긁히고 찔려'도 '하나씩 지워내고/새로이 담겨지는' 그 와중에 참신한 시어의 발견을 '말동산에서 움이 트고' '말꽃이 피어난다'라며 기뻐한다. 하지만 그는 '내면세계의 얕음'을 자성하며 '추락하는 언어'를 실감한다.

스스로 역량의 부족함을 아는 것은, 부족함을 모르고 자만에 빠져있는 것보다 앞으로의 가능성은 열려있다고 하겠다.

과학철학의 창시자 가스통 바슐라르(Gaston Bachelard)는 '현상학적인 방법을 통해 우리가 표현하는 언어의 메타포에서 인간 내면에 깃든 정신의 깊은 혼을 끌어 올린다.'고 했다. 이광렬은 시문학에서는 생경한 수학의 공식을 끌어와 무엇을 진술하고 싶었는가.

참 거짓 구분할 수 있는 식이나 문장
무수한 부호와 공식
쉬운 걸 어렵게 만드네
심오한 진리 속 해야 할 과제들
굳었던 회로가 미끌려 간다

이차 함수 근의 공식
$$\frac{-b \pm \sqrt{b^2 - 4ac}}{2a}$$
로또복권 일등 확률
$$1/_{45}C_6 = 1/(_{45}P_6/6!) = 1/8,145,060$$

다가갈수록 재미있네

좁았던 입구 끝없이 펼쳐진다
응용된 삼각함수 미분 적분
극한과 수렴의 무한반복
머리 굴리기 싫다
풀다가 모르면 통과

시간과 공간의 숨바꼭질
되물림 되는 수학의 정석
내용은 그대로인데 낯설다

삶이 묶어버린 수학공식
그 위에 존재하는 초월의 함수

— 「수학의 정석」 전문

수학은 논리와 해석, 검증이 주를 이룬다. 인문학적인 감성이 비집고 들어갈 틈이 없다. 그러나 그는 「수학의 정석」을 통해 '극한과 수렴의 무한반복' 되는 수학적 논리를 시적 이미지로 환치하여 삶의 방식을 진술하고 있다. 감성의 극한에서 이성의 수렴으로 현실적인 고뇌와 모순을 수용하려 한다. 그러면서 '시간과 공간의 숨바꼭질' '삶이 묶어버린 수학 공식'을 통해 끝없이 되물림 되는 현실을 자각하고 성찰한다. 궁극적으로 '그 위에 존재하는 초월의 함수'를 통해 자신을 옮아매고 있는 것을 해결해 줄 초월자의 예지를 기대한다.

시적인 상상은 시인이 가지고 있는 원초적인 능력이다. 이광렬의 상상은 특이하다. 흔히 회자 되는 인문학적인 상상이 아니라 그것과는 다른 자연과학적 상상이다.

우리는 일반적으로 '새로 발간한 책이 이미 펴낸 책과 수준이 같거나 새로움을 주지 못한다면 그것은 독자에 대한 작가

로서의 예의가 아니다.'라고 말한다. 이광렬이 네 번째 펴내는『그림 위에 앉은 시』는 이런 우려로부터 일부나마 자유롭다는 것은 그의 시작(詩作)에 긍정적으로 작용한다. 그는 자유로움을 갈구하고 현실의 아픔에 분노하지만, 좌절하거나 상실감은 가지지 않는다. 이러한 심리적 기저는 세상과 자신에 대해 불화하는 감정의 찌꺼기를 시로써 걸러내고 있기 때문이다.

   이제 이광렬은 회억(回憶)과 현실의 다양한 감성의 굴레에서 벗어나 보다 근원적인 존재의 물음과 시적인 정서에 고민해야 한다. 가스통 바슐라르의 말과 같이 '잠재되어있는 정신의 깊은 혼'을 끌어올려야 한다. 특히 관심을 가지고 노력할 점은 시적 상상력이다. 어떤 의미에서 그의 시는 상상력 결핍으로 인해 서사적인 메시지만 건조하게 남을 수 있다. 시의 상상력은 작품에 생기를 불어넣어 감동을 주며 우리를 꿈꾸게 한다. 그의 끊임없는 시작을 성원하며, 다음 작품집에는 더욱 새로워진 시의 세계를 기대한다.

                                          2023년 맹서(猛暑)

그리운 곡선

가뭇없이 사라졌다
보이지 않아도
향수에 젖어
곳곳에 잠겨드는 정다운 곡선

점점이 이어진 곡선
강물도 휘어가듯
그리움도
훠이훠이 느리게 그려진다

초가집과 고층 빌딩
곡선 그리고 직선의 오늘
높아지고 빨라져 보이지도 않아

한옥의 추녀 달 항아리의 선
굽은 것의 여유
엄마의 우윳빛 젖무덤
익숙하고 포근한 그리운 곡선

[제 158회 월간문학 신인작품상 당선작]

이광렬 네 번째 시집

"의미 없는 두드림, 어제도 꽝! 오늘도 꽝!"
"삶도 미분 속으로, 수렴을 위한 질주"

독특한 이력의 시인이 세상을 노래하다.

이광렬(李廣烈)

대구광역시 군위군 출생
월간문학 시 부문 신인상으로 등단(2021)
저서 시집 「그리운 곡선」(2021) 「우리의 세상」(2019) 「고래의 꿈」(2018)
경북대 치과대학 졸업(1988) 치의학 박사
대구광역시 군위군 이광렬 치과의원 개원 중(1991~현재)
치의신보 시론 집필위원(2020~현재)
33회 공인중개사 자격증 취득(2022)
한국문인협회 회원
군위문인협회 이사